푸른사상
시선

91

금왕金旺을 찾아가며

전 병 호 시집

푸른사상 시선 91

금왕을 찾아가며

인쇄 · 2018년 8월 6일 | 발행 · 2018년 8월 10일

지은이 · 전병호
펴낸이 · 한봉숙
펴낸곳 · 푸른사상사

주간 · 맹문재 | 편집 · 지순이, 김수란 | 마케팅 · 김두천
등록 · 1999년 7월 8일 제2-2876호
주소 · 경기도 파주시 회동길 337-16(서패동 470-6) 푸른사상사
대표전화 · 031) 955-9111(2) | 팩시밀리 · 031) 955-9114
이메일 · prun21c@hanmail.net / prunsasang@naver.com
홈페이지 · http://www.prun21c.com

ⓒ 전병호, 2018

ISBN 979-11-308-1358-5 03810

값 9,000원

푸른사상 시선 91

금왕을 찾아가며

이 책은 2018년 충청북도, 충북문화재단에서 제작비 일부를 지원받았습니다.

대답을 잘 하기 위해서는 질문을 잘 해야 한다.
내 삶에 대하여
이 시대에 대하여
나는 어떤 질문을 했는가.

더 열심히 살아야 한다.

젊은 날부터 써서 쌓아놓기만 했던 시
그것을 묶어 내는 것도 그 이유이다.
첫 시집이다.
감사하다.

2018년 8월
전병호

| 차례 |

제2부

| 차례 |

제3부

제4부

제1부

금왕(金旺)을 찾아가며

1

다가서면 산은 물러앉으며
숨겼던 길을 내준다
십일월의 마지막 날

버스에 몸을 싣고 흔들리면서
삶은 갈수록 막막했다
보다 나은 생활을 위해 길 떠난 나는
왜 지금 금왕*을 가고 있는가
쓰러지면 스스로 일으켜 세우던 말
"내일은 행복할 거야"
이젠 믿을 수 없고
실의에 차 찾아가는 폐광 마을
길은 몹시 흔들렸다.

2

일확천금을 꿈꾸며

구름 끓듯 모여든 사내들
삼삼오오 산야를 헤매다가 끝내는
마지막으로 혼자 찾아드는 폐광 막장
거듭 내려찍는 곡괭이 날 끝으로 단단한
절망만 확인할 뿐이어도
사내들은 떠나지 못한다
떠나간 사내에게도
꿈은 언제까지나 꿈으로 남아서
불면의 밤마다 손짓하고 있다.

3

금왕이여 빛나라
십일월의 마지막 날 다 저녁
실의에 차 찾아가는 사내의 꿈은
폐광인가 휴광인가
다시 한 번 막장의 두터운 절망을 깨어내면
한 맥을 찾을 수 있는가

찾을 수 있다면

더 큰 맥을 좇아 다시 막장을 열다가

결국은 빈손 되어 돌아서는

금왕이여 금왕이여

애시당초 행복이란 안일의 다른 이름이었다

갈수록 삶은 회한만 깊어져서

옛 생활이 차라리 안빈했노라고 돌이키고 싶어 할 때에야

비수로도 끊지 못했던 욕망에서

스스로 풀려날 것인가

금왕이여 금왕이여

버려도 버려지지 않는 사내의 꿈

저 거친 산야에 또다시 홀로 서게 하는가.

* 금왕 : 충북 음성군 금왕읍 무극광산은 1960년대에는 전국 금 생산
량의 50%를 넘어 전국 각지에서 사람들이 몰려들었다.

대청봉 해맞이

내일은 정말 해맞이를 할 수 있을까.

무너미 고개 넘어 소청에 오를 때만 해도

자작나무 가지 사이로 보이는 대청의 하늘은 새파랬다.

손을 내밀면 닿을 듯해도 산길은

한나절을 걸어 올라야 하지만

나는 언제 오를까를 생각하지 않고

저곳에서 무엇을 볼 것인가를 생각했다.

산봉우리 날씨는 예측 불허라서

속초 앞바다에서 몰려온 구름이

순식간에 눈보라가 되어 뺨을 치며 휘몰아친다.

뽑히지 않으려는 자의 절규처럼

누운잣나무 몸부림치는 소청에서

낯설지만 같이 있다는 이유로

위안이 되기도 했던 사람들, 서둘러 떠나고

저문 산 능선을 헤매다가 나 혼자 남아

경광등 번뜩이는 중청대피소에 이르면

이미 해맞이 탐방객들로 발 디딜 틈조차 없다.

낯선 사람들 틈을 비집고 들어가 몸을 눕히면

바닥 찬 냉기는 뼛속까지 스미어 올라왔다.

억지로 잠을 청하느라 눈을 감으면

밤새 대피소 창문을 흔들며 휘몰아치는 눈보라

돌아보면 내 삶의 길은 번번이 어긋났다.

하지만 더는 미룰 수 없는 그리움으로

넘어지고 미끄러지며 걸어 오른 겨울 설악

내일 아침엔 정말 대청에 올라 해를 볼 수 있을까.

자정이 훨씬 지났어도 잠이 오지 않는다.

버리기 위해 쓴다

이제까지 나는
시를 남기기 위해 쓰는 줄 알았다.
언어의 숨소리를 듣기 위해
머리카락 쥐어뜯으며 밤을 새운 것도
시의 씨앗을 가슴에 품고 몇 년씩
앓는 것도 다 그 때문.

세상에 대하여 인생에 대하여 내가
목소리를 낼 때는 시를 쓸 때뿐.
구원이 되지 못하고
허기를 달래주지 못하지만
나는 열렬히 사랑한다, 시의 그 무능을.

내가 시 쓰는 일은 가슴에 층층 쌓인 미움,
그리움, 분노, 사랑, 탄식을
남김없이 담아 버리기 위함인 것을.

모두 버리고 난 뒤에

슬몃 찾아드는 기분 좋은 이 공복감
까짓거!
난 얼마든지 이겨낼 수 있다고.

나는 버리기 위해 쓴다.
며칠 밤을 새우거나 또는 몇 년에 걸쳐 한 편 써서
차디찬 세상에 매몰차게 내몰기
끝내 제 혼자 힘으로 살아남게 하기.

진달래 강산

하루에 몇 번씩 안경을 닦아 써도
하늘이 뿌옇게 흐려 보이던 것이
내 시력이 약해진 탓이 아니었음을.
토요일 오후 국도를 달리는 시외버스
차창 밖에서 피어나는 진달래를 보고
그동안 내가 왜 서러웠는지
그동안 내가 왜 지독하게 앓았는지
비로소 오늘 그 이유를 알았다.
봄마다 되풀이되는 이 치욕을
내 몸은 진작부터 알아차리고
목에 피가 나도록 재채기하며 거부했던 것일까.
진달래 활활 타오른 산등성 너머로
이제야 하늘 파랗게 트여 오고
힘들게 우리나라의 봄이 오는 것을.
진달래 꽃불 활활 타올라서
마을마다 산등성마다 붉게 번져 나갔다면
나의 앓음도 없이 봄이 왔을 것을.
올해도 진달래꽃 소식보다 먼저 와서

우리나라 하늘을 달 반째 덮는 황사.

하지만 이제 곧 나의 독감은 낫는다.

재채기하다가 다시 안경을 닦아 쓰면

차창 밖 산등성에는 더욱 붉게 타오르는 진달래꽃.

오징어 사설

— P 시인에게

그는 왜 새해 첫날부터 독도로 달려갔는가
우리나라 사람이면 누구나
다 같이 지켜야 하지 않느냐고
그가 준 울릉도 오징어를 나누어주면서
밥상머리 교육을 시키고 나니까
아이들이 원했던 답을 내놓는다
아빠 우리도 본적을 옮길까
친구들도 옮기라고 할까
일본 애들 죽도로 옮긴 것 상대도 안 되게

우리 땅을 지키는 데 우리가 직접 나서는 것이
결코 치기 어린 애국심이 아님을
참으로 오징어를 씹으면서 생각하는 것이
질기다고 적당히 씹다가 뱉거나
쉽게 삼키지 말고 끝까지 곰곰 씹을 일이다.

그동안 우리가 어떻게 지켜왔는지
죽어도 지켜야 할 것이 무엇인지

참으로 독도가 우리에게 무엇인지
이젠 어떤 식으로라도
보여주지 않으면 안 될 때가 되었다.

그럼 누가 먼저 옮길까
아이들에게 불쑥 우문을 던지다가
문득 어려서 읽은 우화가 생각났다
제국주의 일본이 소학교 국어책에 실어
우리에게 강제로 읽힌 것이다
누가 고양이 목에 방울을 달까

오징어를 씹으면서 다시 국토의 의미와
한반도 주변 강대국의 역학 구조를 따져보며
위정자들의 무능에 또다시 분개할 때
문득 고양이 방울 소리가 귀에 쟁쟁 울려왔다.

떨치고 일어서라, 패배주의여.
새해 첫날 독도로 달려가서
거센 파도를 홀로 맞선 그에게서.

노근리*의 달

잇지 말아라

쌍굴다리
콘크리트 벽에 파인
총알 자국을

흰 페인트로 그린 동그라미가
저녁 어스름 속에서
이를 앙 물고 빛난다

죄 없이 쓰러진
아버지 어머니 할아버지…… 비명
잇지 말아라
세월이 제아무리 흐른다 해도

쌍굴다리 하늘에
그 누구도 지우지 못하게 흰 동그라미를
그리다가

하느님도
눈물 닦는다

핼쑥한 초승달

* 노근리 : 충청북도 영동군 황간면에 있는 리(里).

회령포 가는 길

나, 이제 회령포로 간다.
권율 도원수가 찾아와 신새벽에 깨웠을 때
말하지 않아도 무슨 일이 일어났는지 알았다.
결코 일어나서는 안 될 일이
아, 통탄스럽게도 현실이 되었음을.
의금부 옥사에서 얻은 장독이 깊어
아직 몸을 추스르기도 힘겹지만
돌아볼 틈 없이
나, 회령포로 간다.
백의종군하는 일개 병졸의 신분으로
아직 벗지 못한 죄인의 몸으로
반나절 거리를 두고 추격해 오는 왜적의 칼을 피해
겨우 구명한 목숨 기꺼이 버리기 위해
나, 회령포로 간다.
배설이 숨겨놓은 배 열두 척이
실 같은 희망을 갖게 하는 이 기막힌 현실
하늘은 무엇을 위해
나를 아직 살려놓았는가.

지금 나에게는 아무것도 없다.
하지만 둘러보라, 보성, 곡성, 순천……
내가 지나는 곳마다 기다렸다는 듯
곡괭이 들고 우마차 끌고 노모를 모시고
밀물처럼 몰려드는 백성들을
누가 저 울음을 닦아주어야 하나?
누가 저 울분을 갚아주어야 하나?
나, 회령포로 간다
백 번 죽어 이 땅에 영원히 살기 위해.

안개주의보 · 1

가시거리 십 미터 커브 길에서
고속버스는 급정지했다
새벽잠 곤히 들었던 사람들 놀라 깨어나고
운전기사가 황급히 자리에서 일어선다.

안개 속에 정지해 있는 차들의 긴 행렬
사람들은 차에서 내려
보이지 않는 길 끝을 바라보고 있다.

여기가 어디쯤일까
안개의 두터운 벽 어디선가
개 짖는 소리가 들려온다
하행선에서 차들이 기어 내려오며
상행선에서 백여 대는 부서졌다고 전한다
만류를 뿌리치고
출근 시간이 급한 몇 명은
안개 속으로 황급히 사라졌다.

갓길로 겨우 레커차가 한 대 올라갔다
한참 후에야 하행선으로 부서진 승용차를 끌어 내리고
용달차 반 도막도 끌고 가고.
위험천만.
급브레이크를 밟으며 미끄러지는 차들.
경광등을 켜고 구급차가 하행선으로 올라온다.

벌써 출근 시간이 두 시간 지났다.
비만 다이어트 중인 김 부장은
혹 내가 어제 폭음이라도 했느냐고
미스 리를 시켜 집에 확인 전화를 걸 것이다.
아내는 영문을 몰라 안절부절못할 것이고
TV 속보로 대형 교통사고 소식을 듣고
갖은 상상으로 울음을 터뜨릴 것이다.

그러나 95.1Mhz 에프엠 교통 방송은
오늘도 변함없이 명랑하고 즐거운 하루
속보는 없다.

그날 나는 출근길 네 시간의 행방에 대해

주의 경고를 받았다.

게눈을 뜬 김 부장에게

사고로 인한 교통 두절이란 나의 변명은 받아들여지지 않

았다.

TV 속보는 물론

석간 신문 어느 면에도 사고 기사는 없었기에.

안개주의보 · 2

상습적이군
목숨 걸고 안개를 헤치고 달려온 나에게
김 과장이 한마디 내뱉는다
그 순간 그와 나 사이에는
시계 제로의 안개가 깔린다.

오, 위험천만
둘은 지금
마주 보며 전속력으로 달려들고 있다.

애월 바다에 와서

해 지자
텅 빈 하늘에 초승달만 덩그러니 남는 것을
나, 애월 바다에 와서 보았다.

일몰 방송을 듣고
바다에서 나와
긴 그림자를 끌고 집으로 돌아가는 사람들

하지만 나는 집으로 돌아가지 않아도 좋으리라
평생 머물던 집에서 나왔으므로
이제 길이 집이다.

수평선 환하게 밝히는 오징어 배의 불빛을
나 밤새 지켜보리라.

아침이 어떻게 밝아오는지
나 이제
길에서 지켜보리라.

아침의 시

유리 하늘
밤새워 닦아놓고
장밋빛 해는
산봉우리에.
그리고 순결의
오전 다섯 시.
터질 듯 햇살 채운
풀잎 이슬.

당신이 잠에서 깨어날 시각
앞뜰 목련
꽃망울 터지고.
청보리 밭길을
잰걸음으로 오는
순은의 아침.

밤새 흘린 땀과 눈물
가슴 푸른 강이 되어
들 끝을 조용히 흘러가고.

망초 들판

손과 손을 맞잡거나
삼삼오오 짝을 지어 몰려나오면서
그들은 나를 보고 열심히 손을 흔들었다
산기슭을 돌아가자
그들은 이제
어깨를 겯고 무리지어 몰려나왔다
뒤늦게 나온 몇몇은
앞사람 어깨 사이로
얼굴을 내밀거나
까치발 뜨고 서서 구호를 외쳤다
귀가 멍멍했다.
대낮의 이 함성!
마침내 그들은
한 몸이 되어 흔들리기 시작했다.

들이 흔들리자
산이 흔들리고
하늘이 흔들렸다.

제2부

게재불요

퇴근하자마자 아내가 묻는다
당신 요즈음 잘못한 일 있느냐고
내 얼굴에서 미세한 표정 변화까지 모두 읽으면서
아내가 다시 묻는다
당신의 인상착의를 묻는 전화가 몇 차례 왔었다고.

저녁 여덟 시 시계를 보며 지키고 앉아
얼굴 없는 사내의 전화를 기다린다
놀란 아내가 녹음해놓은 자동응답기에서
몇 번씩 다시 들으며 기억을 더듬어도 낯선 그 목소리
아내의 항의를 묵살하면서 그 사내는
내 인상착의만을 강압적으로 묻고 있다
지금 나는 사기 혐의로 수배 중이다.

출퇴근길 버스 터미널 벽에
지명수배자 전단이 붙여진다
곧 붉고 굵은 검거 도장이 쾅! 찍히지만
아직도 끈질기게 숨은 몇몇 사내들은

나를 보며 험상궂게 웃고 있다
하지만 이 저녁 나는
내 몽타주 밑에 적혀진 죄명을 읽지 못하고
온몸에 소름이 돋쳐 떨고 있다.

너는 누구냐, 이름도 대지 않고
내 직업과 나이를 캐묻는 이 낯선 사내는
두 달 전 일요일 나의 알리바이를 추궁하고 있다
(아마 그날도 나는 집에서
시를 쓴답시고 하루 종일 끙끙거렸을 것이다)
왜 그때 나는 화 낼 틈조차 없었을까
사내가 전화를 끊으면서 남긴 말에 의하면
어이없게도 전화번호부의 수많은 동명이인 때문이다.

이 도시의 그늘에 숨어서
또 다른 사내가 나를 지켜보고 있다
얼마 전에는 동의도 안 한 항목의 휴대폰 사용료가
자동이체 계좌에서 멋대로 빠져나갔다

하루에도 몇 차례 070 서울지검 검사가 금융감독원 감독관이

내 계좌가 해킹당했으니 예금을 옮기라고 친절하게 전화 주시고

돈 벌게 해주겠다고 기획부동산 싸장님이 전화 주시고

내 휴대폰에 인터넷 사이트에 은행계좌에 내 꿈에

또 다른 사내들이 끊임없이 접속을 시도하고 있다

무력한 내가 할 수 있는 일이 무엇이 있겠는가.

언제까지나 익명으로 살고 싶습니다.

전화국에서는 이유를 묻지 않았다.

발병

체증인 줄 알았습니다
먹지도 않았는데 토하고
한 주먹 삼킨 소화제
도로 넘어왔습니다

돗바늘이 명치 끝에 박혀
등을 꿰뚫고 있었습니다

사물이 모두 노랗게 변질되고
세상은 온통 냄새투성이였습니다

의지로 일어서는 나를
수십 마리 벌떼가 몰려와
또다시 참혹하게 쓰러뜨렸습니다

간 검사
소변 검사
피 검사

내겐 죄가 없습니다

내과 응급실에 누워서야
비로소 처음 알았습니다
같은 증세로 앓아눕는 사람들이
세상에는 의외로 많다는 것을.

자정의 방

자정 무렵 돌아와
아파트 문을 잠그면
이상하다 누군가 밖에서도
문을 잠근다.

완벽한 차단
두 평의 방에서
비로소 나는 자유를 느낀다.

내일 아침 깨어나지 못할지도 모를
무덤 속 적막이 찾아온다.

이제 나는 창을 열고
별과 대화할 뿐
밤새 초인종을 눌러도
문을 열지 않을 것이다.

오늘도 잠들기 전에

유서를 다시 쓰자.

신의 은총 같은 새벽빛이
창에 젖어올 때
그 아침에 나는 부활할 것이다.

소주를 마시며

취해야 해, 독해져야 해.
힘없는 주먹으로 닭발을 뜯으며
마셔야 해, 마셔야 해.
소금보다 짠 우리의 눈물을.
우리의 말은 모두 주정이 되고
우리의 말은 모두 거짓이 되고.

불붙는 석쇠 위에 소주를 부으며
이젠 돌처럼 입 다물지만
누구도 알 수 없는 슬픔의 잔을 나누며
까짓것 까짓것 오늘 서로 입 다물지만
어두운 세상 어떻게 살 것인가.
담배를 피우며, 담배를 끄며.
아니야 아니야 내일은 말해야 해.
쉽게 분개하고 쉽게 허물어지면서
가야지 가야지 막잔을 비우며
밤새 작은 등 밝히려 돌아가야지
자리를 털면서

한오백년이나 한 곡조 뽑으면서

취해야 해, 독해져야 해.

맨주먹만으로 세상을 살려면.

나무 아래 누워

나 이제 무엇이 되었다 하랴.
한밤중에 문득 잠 깨어나면
순식간에 내 이마에서
아름드리나무가 일어서며
가지를 뻗어 하늘에 닿는다.
푸른 연기처럼 떠도는 밤공기
스무이레쯤일까?
흐린 달빛 비치는 구름 틈으로
바람이 거세게 분다.
조각 구름이 나뭇가지에 걸렸다가 흘러가기를 몇 번
마침내 나는
초롱초롱 눈 뜨는 별을
손으로 만질 수 있게 되었다.
흙 같은 어둠 속에 누워 바라보면
참지 못할 것 같던 숙취도
거짓말처럼 사라지고
풀벌레 두어 마리
내 살 속에 들어와 울고 있다.

목숨 줄을 툭 놓아버리듯
왠지 후련해지는 가슴,
나 이제
나무가 되었다 하랴.

빈 소주병

바닷가 모래밭에 던져진 빈 소주병 속에
바다가 갇혀 몸부림치고 있었다
수평선을 떠돌던 흰 구름 한 조각
빈 소주병에 갇혀 떠돌고 있었다

사내들이 핏발 선 눈으로 지켜보는 바다.

무심천

무심천 둑길 멀리
내 슬픈 젊은 날의 뒷모습이 보인다
바지 주머니에 두 손 찔러 넣은 채
둑길을 따라 흘러가는 냇물은
정말 바다에 가 닿을 수 있을까
떠나가 길을 잃을 때마다
다시 돌아와 걸어보는 무심천 둑길
오늘에야 비로소 나는 본다
지친 내가 돌아와
남모르게 눈물 떨구고 간 자리마다
풀꽃 한무더기씩 피어나고
그 풀꽃 사이로
멈춘 듯 흘러가는 무심천
마침내 제 스스로 깊어지면서
꽃물 곱게 드는 것을
하늘과 맞닿은 하류쯤
강을 만나 바다로 흐르는 것일까
갈대 흐드러진 모래톱 위로
날개 흰 새 몇 마리 날아오른다

문

철문 창살 속에는 셰퍼드가 숨었다
빗장을 당기면 쇳소리로 짖는다

문밖 하늘만 바라보다 돌아서며
오늘도 나는 길바닥에 무수한 눈물 뿌리고.

억새 들판

한 사내가 쓰러져 숨어 울고 있었다.
감당할 수 없는 슬픔으로
사내의 등이 들썩일 때마다
억새도 몸부림치며 흐느꼈다.

오라
오라

이 개명한 세상에
울음도 다 못 울고 사는 이
있거든.

장마기

다 헛되고 헛되다
조급한 너희가
부실한 터에 눈가림으로 쌓은 담이
두어 번 내 방문에
여지없이 기울었다

다 부질없고 어리석다
겨우 작은 도랑이나 파서
빗물을 슬그머니 흘려보내려 하지만
내 분노는 이미 하늘에 닿은 것이어서
끝내는 더 큰 재앙을 부르겠구나

지금이라도 늦지 않았다
내 바람은 집을 튼튼하게 지키자는 것이어서
서둘러 축대를 쌓고 물길 다시 낸다면
순리대로 흘러갈 것이니라

참으로 답답하다

기울어진 담에

허약한 버팀목을 임시로 받치면서

장마가 그치기만을 기다리고 있으니

끝내는 내가 이 집을 허물어서

못(池)을 만들어야겠구나

사과밭에서

주인이 피난 간 빈 과수원에서
사과는 혼자 붉게 익고 있었다.
사과는 뚝뚝 떨어져 뒹굴고
사과가 떨어질 때마다
들리는 먼 총성.
피난길 떠나와 허기진 어머니가
사과밭에 가서 종일 곯은 사과를 줍다가
천 리 밖 두고 온 고향집 생각하시곤
목메어 남몰래 흐느끼실 때
산등성을 쿵쿵 넘어오던 포성.

그때 피 흘리며 사과나무 밑에 와
쓸쓸히 죽어간 이름 없는 병사여.
눈물 괸 마지막 눈망울에
그립던 고향의 하늘을 담았던가.
전쟁이 물러간 폐허의 사과밭에서
병사는 해마다
흰 사과꽃으로 눈부시게 피어났다

핏빛 사과로 익어간다.

지금도 사과밭을 지나면 이따금

사과가 혼자 떨어지는 소리를 듣는다.

산너머 먼 총성을 듣는다.

어머니, 아들은 아직 그 사과 맛을 모릅니다.

제3부

빗방울의 노래
— 문장대에서

동으로 흘러내리면 낙강
서로 흘러내리면 금강
한날한시에 이곳에 왔다가
등 돌리고
세상에서 가장 먼 거리로 헤어져 떠나간다.

어느 날 어느 곳에서 우리 만날까.
만나고 헤어짐의 의미를
이곳에 와서 다시 깨달으니
개울은 쉬임 없이 흘러내리고
눈물은 기어이 강을 만드는 것을.
미움도 그리움도 산이 되어 쌓여오면
바다에서 다시 만나리.
그때 그리움만 가지고 하늘에 올라
구름 속에 머물다가
이른 어느 봄날
우리 어떤 몸짓으로 내려올까.

배꽃 마을

그 마을을 찾아가려면
배나무 밭에 꽃철이 오기를 기다려
만개한 배꽃 터널을 지나가야 한다.
배꽃 터널을 지나면, 수천의 햇살이
이를 하얗게 드러내며 깔깔깔깔 웃고.
바람도 달려와서 얼굴 부비고.

꽃이 피기 며칠 전부터 흘러와서
배꽃 가지에 걸려 있던 구름.
오늘 아침 마침내 꽃물 곱게 든다.
그때부터였지.
바람이 불어도 꿈쩍 않는 배꽃잎.
배꽃 사이로 산이 흔들리기 시작하고.
속이 비쳐보이는 하늘도 파랗게 깊어지고.

배꽃 가지 사이로
아, 꿈에 보던 마을이 보인다.
배나무들이 구릉을 넘어가며

꽃망울을 터뜨린 골짜기마다
배꽃 마을의 영토가 된다.

배꽃 마을 사람들은
낯선 나를 보고도 환하게 웃는다.
모두 손을 맞잡고 싶다.
오래 인사를 나누고 싶다.

내 삶은 배꽃이 피었다가 지는
그 시간의 한 점이고 싶다.

비가

  — 꽃무릇

우리 죽어도 만나지 못하리.

네가 잎으로 돋아날 때
사랑아, 나는 왜 지는 것이냐.

나 없는 강 언덕에
너 혼자 남아
눈물 지으리니

사랑아, 나 하루만이라도 늦게 져서
꿈결 같은 한때나마
나 그리는 너의 모습
볼 수 있다면.
네 곁에 잠시
무심한 듯 설 수 있다면.

코스모스

핼쑥한 누이 얼굴.

이 가을
문득 너를
뜰에서 다시 본다.

다시는
이승에서
만날 수 없던 너

절대로
보내지 않을 거야.

씨 속에 숨어라
꼭꼭 숨어 있어라.

도피안사에 가서

마침내 길이 끝났다.

이제야 다다른
세상의
끝.

대적광전이
달에 실려 떠오르고

방황으로 지친
목숨

탑에
한 개 작은 돌로 얹다

눈 감고 듣는
빈 목어 소리.

겨울 청룡사에서

대웅전 마당에 선 겨울나무는
평생을 독경 소리만 듣고 살아서
수도하는 자세로 서 있네.
수천 개의 잔가지를 치켜들고
엄동에 파랗게 떨며 서 있는 겨울나무를 보면
그동안 왜
가슴이 도려내듯 시렸는지
겨울 청룡사에 와서 그 이유를 알겠네.
대웅전 마당에 선 겨울나무는
승복을 꺼내 입었네.
저것 봐.
삼한 추위 속에서도
합장한 손 안에서는
서둘러 푸른 싹을 꺼내려고 하네.

겨울 숲에서

1

너의 갑작스런 죽음을 전해들은
지금 겨울 숲엔
휴지 조각 같은 눈이 내리고 있다.
한 줌의 재가 된 너
네가 태어난 산과 들을 향해
바람결에 뿌려져서
지금 이 순간
내 주위로 무수히 내리고 있다.
이제 이 세상 어디에도
너의 무덤은 없고,
어디선가 귀에 익은 목소리
눈을 들면 커다란 네 얼굴이
앙상한 나뭇가지에
잠시 와 걸리고 있다.

2

겨울 숲에 다시 가보았지.

잎은 모두 떨어지고

나무들이 서로

언 볼을 비비며 서 있었지.

아직도 잠들지 못한 한 점 바람이

잔가지 끝에 걸려 울고

발목을 덮는 나뭇잎

흙빛으로 물들었지만

나 그때 잎이 진 자리마다

새 움이 돋는 것을 보았지.

봄 오면

숲을 무성하게 덮어갈 잎눈들을 보았지.

매장

산에 가서 하관을 할 때야 비로소
참았던 눈물이 주르르 흘렀다.
한 삽 취토에
오 왔어 그 굵은 목소리 흙에 묻히고
두 삽 취토에 한 서린 흰 옷자락 흙에 덮이고
세 삽 취토에 더 보고 싶은 하늘 흙에 가리우고
회다지소리에 섞여
엊그제 선술집에서 불렀던 그 목소리
다시 들려오고 있었다.
이제 가면 언제 오나, 어허 달고.
북망산천 머나먼 길, 어허 달고.
젊어 늘 다녔다는 수로길을 눈으로 따라가면
월림 선산 너머로 하늘도 끝이 보였다.
서러워서 난 못 가네, 어허 달고.
가세 가세 쉬어 가세, 어허 달고.
날 부르는 소리 들려오는 것 같아
산 내려오다 멈추고 같이 내려가시자고
돌아보고 솔밭을 또 돌아보았다.
산등성 양지 쪽엔 어느새 황톳빛 봉분 하나.

봄이 오지 않는다

그대 무덤을 찾아가는 산길엔
봄이 와도 눈이 녹지 않는다.
그대 살아 만나지 못하고
그대 언 땅에 묻힌 뒤 찾아가는 산길엔
봄이 와도 풀이 돋지 않는다.
떼도 입히지 못한 그대 흙무덤에서
가슴 터져라 소리쳐도 고함이 되지 않고
목을 놓아도 통곡이 되지 않는다.
그대는 헛되이 가버리고
그대가 며칠만 더 보고 싶어 하던 하늘이
나뭇가지에 갈가리 찢겨져 걸렸다.
슬프게도 그대 죽음은 그대만의 것인가.
편히 잠들라 말하기에
그대 생애 짧고 회한 너무 깊어
그대 행여 다시 돌아오지 않을까.
무덤에 서서 넋 놓고 내려다보는 산기슭
바람 찬 상수리 숲 앙상한 가지엔
봄이 와도 새순이 돋지 않는다.

새 · 2

이제 비비람
굶주림도 네가 얻은
자유의
뜻.

하늘도
하나의 커다란
새장이다.

며칠 간
열린 채로 둔
빈 새장의
문에

깃털 몇 개
흰구름 되어 걸리고.

노을

퇴근 버스 뒷좌석에 앉아
때 절은 시 노트를 펴다가
문득 떨어뜨린 눈물.

젖은 시어에서
번지는 핏빛.

백지 · 1

책상에
흰 눈이 소복하게 쌓여 있다
그 위로 계속 내리는 눈.

백지 · 2

펜을 댄 순간
눈이 멎고
쌓인 눈도 사라졌다.

못처럼 박힌
잉크
한 점.

겨우내
눈은 다시 내리지 않았다.

황량한 들판.

백지 · 3

저무는 황야 눈보라가 휘몰아친다 개미 한 마리 파묻힐 듯 눈보라 속을 기어간다 하늘도 땅도 가늠할 수 없는 이 혹한의 극지 뒤돌아보는 사이에도 발자국이 묻힌다 앞만 보고 가라 눈보라 황야를 건너는 길은 오직 그뿐 등 뒤에서 즈믄 날의 고뇌를 묻으며 눈은 더욱 사정없이 쏟아진다.

볼펜으로 동그라미를 그려 개미를 가둔다 동그라미를 타고 넘어가다가 개미의 동상 걸린 다리 하나가 잘려나간다 또 가둔다 타 넘는다 백지 밖까지 동그라미가 이어진다 눈보라 벌판에는 족쇄만 남아 녹슬고 있다.

제4부

내 사랑 에버빌

일요일 자정이면 월요일 아침 출근을 위해
나는 오백 리가 넘는 길을 밤 새워 달렸다.
늙은 어머니와 어린 자식들을 두고
홀로 낯선 땅을 떠돈 지 그 얼마인가.
일요일 밤 고속도로는 주차장인 듯 붐비어
아예 자정 넘어 길을 나서보지만
곤지암이던가 광주 부근이던가
꼼짝없이 멈춰 서 있는 승용차들
빨간 후미등이 끝없이 이어져간 길 끝 멀리 밤 언덕에
문득 추억처럼 떠오른 전광판 '에버빌!'
어쩌면 나는
저곳을 향해 평생 달려가는 것인지도 몰라
에버빌 에버빌 내 사랑 에버빌
마음으로 수없이 외치며 앞 차를 따라 달리다가
어둡고 긴 밤의 고속도로에
혼자 남아 소스라치기 그 몇 번이던가.
자정을 훨씬 넘어 인터체인지를 빠져나와
의정부와 동두천의 밤을 달려가지만
그리운 이름 에버빌은 어디에도 보이지 않았다.

졸업 사진

어머니, 저는 셔터를 누를 수 없었습니다.

카메라 렌즈 속의 당신은 어느 새 곱던 젊음 모두 소진하시고

잔설이 희끗한 도서관 앞 뜰 잔디밭에

흰 두루마기 노년이 되어 홀로 서 계셨습니다.

번번이 면접에서 떨어지는 취업 못 한 지방 대학 졸업생의 울분처럼

목쉰 구호와 대자보가 삐라처럼 난무하는 졸업식장을

끝내 침묵으로 걸어나온 막내가

학사모와 가운을 벗어 정성껏 당신께 입혀드렸을 때

아직 새 움이 트지 않은 산수유나무 곁에서

어머니, 당신은 옛날과 다름없이 박 속 같은 웃음을 웃어 보이셨지만

그때도 저는 셔터를 누를 수 없었습니다.

날씨 탓만은 아닌 뿌옇게 흐려진 시야 속에서

이젠 집 안의 든든한 기둥으로 자란 막내가

쇠진한 당신의 몸을 부축해 섰을 때

어머니, 그때 저는 참으로 뵙고 싶던 분을 뵈었습니다.

안개꽃 튤립 큰 꽃다발을 가슴에 안고
어깨에 손을 얹을 듯 당신의 등 뒤로 다가와서
소리 없이 크게 웃고 계시는 돌아가신 아버님을.
어머니, 저는 이 순간을 놓칠세라
당신이 손등으로 눈물을 훔쳐내시는 줄도 모르고
그만 황급히 셔터를 눌렀습니다.

우리는 아직 이별하는 법이 서툴다

너는 끝내 참던 눈물을 보이고 떠나갔구나.
평소 너답지 않은 모습을 보이지 않으려고
배웅 나오지 말라고 했던가. 부모 마음은 안 그렇다며
뒤늦게 공항에 나간 나도 밤늦어 돌아오며
아무도 몰래 눈물을 보이고 말았다.
현세와 내세의 경계처럼 출구가 닫히고
밤하늘로 쉬임 없이 떠나는 어느 한 비행기에
지구 저편 낯선 나라로 너를 떠나보내면서
우리는 참으로 이별하는 법이 서툴다는 것을 알았다.
좋아해서 가는 것이니 덤덤하다는
네 엄마가 쌀쌀맞다는 생각도 들었지만
그게 애써 슬픔을 숨기는 방법인 것을
집으로 돌아와 네 빈자리를 하나둘 확인하면서
시무룩하게 말을 잃고 몇 날을 몸져누울 것이다.
난생처음 자식을 먼 나라로 떠나보낸 어미는
자식은 언젠가 품을 떠난다는 사실이
얼마나 큰 외로움인가를 가슴을 앓으며 알아갈 것이다.
그래, 우리는 아직 이별하는 법이 서툴러서

서로 등돌리고 감춘 눈물 흘리지만

얼른 눈물 닦고 평소 말대로 씩씩하게 떠나거라.

네가 탄 비행기는 밤새도록 낯선 하늘을 날아

지구 반대편 나라의 첫새벽에 도착할 것이니

아침과 저녁을 바꾸어 살아도 우리는 언제나 한 가족이

니.

적암리 폭설

한 생을 살아가는 길이 어찌 이리 험난한가.
떠날 날이 가까워진 적암리에는
지난날을 돌아보라는 듯
사흘 밤낮 눈보라가 휘몰아치고 있다.
내리는 대로 쌓여 허리까지 눈에 묻힌 나무가
밑가지를 더 까맣게 드러내듯
마음 깊이 묻었던 내 슬픔도 또렷이 떠오르고 있다.
내 이 산마을에 쫓기듯 들어와 산 지 어언 다섯 해
나 이곳을 떠나간다 해도
눈 내리는 어느 날 불현듯 천 리 길 다시 찾아와
가슴 깊이 묻어야 했던 아픔을 되새기며
또 한 차례 목이 메어 꺼이꺼이 울지도 모를
이날들을 과연 그리움이라 할 것인가.
눈아 내려라. 펑펑 내려라.
내가 걸어 들어온 길도
내가 걸어 나갈 길도 모두 지워버려라.
새 길을 내듯 눈 내린 산을 걸어 내려가
덮어도 덮어지지 않는 내 슬픔과 마주하려고 한다.

나 이제

오랫동안 망설이며 묵혀두었던 짐을 싸려고 한다.

그건 낡은 외투로 감싼 여윈 몸뚱이 하나!

민들레 씨

1

막냇동생마저 입대하자 텅 비어 더 큰 집에 홀로 남은 어머니는 바닷가 고향 마을로 돌아가고 싶다고 입버릇처럼 말씀하셨다 일 년이면 한두 번 명절 때라도 온 가족이 한 자리에 모여야 한다고 말씀하시던 어머니, 누구든지 하나는 집을 지켜야 한다고 말씀하시던 어머니는 끝내 무슨 생각 하셨을까 둘째는 수도원으로 간 뒤 소식 끊기고 나도 직장 때문에 객지로만 떠돈 지 어언 십여 년 문득 못 견디게 그리워져 달려가도 낯익은 얼굴 하나 만날 수 없는 고향에는 낯선 사람들이 몰려와서 길을 내고 새 집을 짓고 살고 있다.

2

교회 옆에 조그만 방 하나 얻어 당신보다 더 불행한 사람 위해 여생을 바치겠다는 어머니는 지금 어머니의 고향에 계시지만 아침저녁으로 온 가족이 밥상에 둘러앉아 허허하하 호호 김이 모락모락 피어오르는 행복을 은수저로 한 숟가락씩 떠 넣고 떠 넣어주던 우리의 고향은 그 어디에도 남아 있

지 않았다 휴가를 나와도 머물 곳이 없어 어머니께 달려갔
다가 다시 나에게 달려온 막내의 기진한 잠 속에도 우리의
고향은 남아 있지 않았다.

상봉고개*에서

내가 너만 할 때는 쌀 두 말 지고도 거뜬히 넘었단다.
쌀 한 말 등짐에도 숨이 차 주저앉은 고갯마루에서
안쓰러운 눈빛으로 나를 보며 들려주시던 말씀
아버지도 조용히 숨을 몰아쉬고 계셨다.
장리쌀 얻어오는 할아버지 고향 낭성면 무성리를 바라보
며
진한 시장기를 바람에 실려보냈다.

오늘 내 어린것을 데리고 상봉고개에 올랐다.
나 어릴 때는 쌀 한 말 지고도 거뜬히 넘었단다.
숨을 몰아쉬는 어린것의 손을 놓으면서
처음으로 강한 아버지가 되어 들려준 말
아들은 알게 될까
내가 애써 가르쳐주려는 배고픔의 의미를.

고갯마루 바위에 앉아 잠시 쉬고 있을 때
굴참나무 가지 아래 고갯길로
그 옛날 아버지가 산을 지고 올라오는 것이 보였다.

아버지의 뒤를 따라 내가 올라오고

내 뒤를 따라 내 어린것이

숨을 몰아쉬며 산을 지고 오르는 것이 보였다.

바람이 쉴새없이 불어와 이마의 땀을 씻어주고 있다.

* 상봉고개 : 충청북도 청주시 상당구 산성동과 명암동 사이에 있는
  고개.

나의 이력

　유년의 마을 입구에는 아직도 미루나무가 하늘을 찌르고 서 있고 우듬지에서는 때까치가 울부짖으며 난다 놀란 때까치 새끼 몇 마리 허공에 발을 딛다가 떨어져 죽고 우듬지를 감아 오르는 구렁이를 향해 내가 던진 돌멩이는 아직도 힘 없이 떨어진다 그 후로도 어미 새가 텅 빈 둥우리를 찾아와 피를 토할 때마다 내 유년의 마을에는 어둠이 한 키씩 깊어 졌다 어미 때까치는 다시는 알을 낳지 않았다 새끼 잡아먹은 구렁이는 아직도 미루나무에서 내려오지 않았고 나는 미루나무 밑에서 돌멩이를 움켜쥐고 자랐다

빛바랜 편지 봉투

어머니의 젖은 눈 속에서
수도복으로 갈아 입고
성경과 촛불을 든 너는
어둠의 긴 회랑을 지나
십자가 제단에 꿇어앉았다.

네 가는 길에
세상 그리움과
외로움
꽃처럼 난만하리라.

─정, 제가보고싶으시면토요일오후에잠깐만전화하셔요.

아예 말씀이 없어지신 어머니
써놓고 못 보낸 편지가
마냥 빛바래고 있는 이 밤
성 프란치스꼬 수도원 뜨락에
접목 한 그루
아프게 새 살 떨며 하얗게 꽃이 핀다.

서원

그날 목동 천주교회
하늘은 비어 있었다.

정결.
순명.
청빈.

촛불 제단에 무릎 꿇고 경건히
신의 계율을 받는
아우야, 왜 갑자기 나는
눈물 왈칵 쏟을 것 같으냐.

늙으신 어머니를 뵙는 순간
눈물 어리는 너의 눈에서
수도자도 어쩌지 못하는 고뇌를 나는 보았다.

철문 굳게 잠기고
밤늦도록 켜놓은 네 창의 불빛이 옮겨져서

성 프란치스꼬 수도원 하늘에
새로 뜬 별 하나 밝게 빛난다.

이별 여행

끝내 우리는 해넘이를 보지 못했다.
갑자기 구름이 몰려와
눈보라가 휘날리고
쫓겨 들어온 우리는 말없이 창밖을 바라보았다.

너는 왜 해넘이를 보고 싶다고 했는가.
너의 짧은 생이 저녁 해처럼
온 바다를 핏빛 물들이며 지는 것을 보고 싶었을까.

그 누구도 다음 날 다시
해넘이를 보러 오자고 말하지 못했다.
지금 이 순간도 너는
죽음과 마주하고 있는 것을.
한 달 아니 열흘 후를 기약한다는 것이
얼마나 공허한 말인가를
말하지 않아도 우리는 잘 알고 있었다.

아름다웠던 지난날을 떠올리다가

자는 듯 돌아누우며
서로 눈물 훔치는 것을.
창밖에서 눈보라치는 소리를 밤새 듣다가
새벽녘에야 나는 알았다.
훗날 다시 이곳에 와 엉엉 소리 내어 울 사람은
네가 아닌 바로 나인 것을.

그때도 나는 해넘이를 보지 않으려고 한다.

생동 요양원에서

이 비 그치면 봄이 성큼 다가오겠지만
차마 나는 그 말을 하지 못한다.

이층 창문에서 내려다보는 나무들은
차가운 비에도
연둣빛 잎을 꺼내고 있지만
나는 애써 외면해야 한다.
지난주보다 더 짙어진 네 눈가의 그림자.

어쩌면 네가 가고 난 뒤
나 혼자 맞게 될지도 모를 봄이
서럽게 피어나려고 한다.

너에게 어떤 말을 해야 할지
어떻게 작별 인사를 해야 할지
나는 아무 말도 하지 못하고
창밖에 내리는 봄비만 바라본다.

차라리 이 순간이 꿈이었으면!

겨울 낮달

낯설어진 얼굴.

대문 밖까지
울며 나를
따라왔다.

초저녁 때
잠시
창문으로 들어와
방 안을 기웃거리다
가더니

그날 밤 날아든
그 여자의
부음.

제5부

역학

그것은 나뭇가지가 흔들리는 게 아니었다.
나뭇가지 사이로
산이 흔들리고 있었다.
하늘이 흔들리고 있었다.

그제서야 조금씩 나뭇잎도 흔들리고.

수혈

1

펜촉으로
흘러나오는 피.
꿈틀거리며 기어간
자국,
자국.
글자가
글자를 물고,
뼈마디로 선다.
뼈마디를 맞춘다.
내 문법이
마지막 뼈마디를 맞춘다.
일순.
뼈 끝 사이에
섬광.
생명의
점화.
핏기가 돈다.
숨.

언어가
살아난다, 살아난다.

2

빈혈.
꺼져가는
의식.
…….
누군가
쓰러진 내 손을
꼭 잡고 있다.
그 손바닥으로
피가
흘러 들어온다.
차오르고 있다.
텅 빈 내 몸에
피가 다시
뜨겁게 차오르고 있다.

백지의 새

금의 언어가 아니면
휴지가 된다.
깊은 밤 내 만년필이 백지 위에서
한없이 망설이고 있을 때

풍뎅이 한 마리
백지 위로 기어온다.
순간 내가 재빨리 풍뎅이를 그린다.
그때 나는 보았다.
백지의 여백은
아직 풍뎅이가 날지 못한 하늘이 되는 것을.

잠시 후 풍뎅이가 날아가도
하늘은 그대로 남는다.
들여다볼수록
끝이 보이지 않는 하늘
그때서야 나는 그릴 수 있었다,

가슴에서 평생 키워온 한 마리의 새를.

발 아래 새털구름을 몇 점 그려 넣자
힘찬 날갯짓,
나의 새는 날아올랐다.

새야, 날아라.
날아라, 새야.
나의 새가 앉을 나뭇가지는
끝내 그리지 않기로 하였다.

수습기

— 돌 속에 한 사나이가 갇혀 있다. 미켈란젤로

지금 사나이는 위독하다.
심장의 박동이 멎어가고 있다.
누군가 이 사내를 꺼내주어야 한다.

섣불리 정을 대서는 아니 되었다.
막연한 기다림으로 무디어지고 녹슨 나의 연장
헛손질 단 한 번으로도
치명적인 상처를 입힐 것이었다.

사나이는 타는 눈빛으로 말하고 있었다.
온전한 자연인으로 태어나길 바란다고.
손상된다면 그때는 죽음 같은 파열이라고.

내가 할 일은
사나이의 심장을
쿵쿵 다시 뛰게 하는 것이었다.
사나이 스스로 돌을 깨고 나와
햇빛과 바람 속에 우뚝 서게 할 것

그때 포효하게 할 것.

돌도 닦고 갈면 안이 들여다보인다.
돌 속의 사나이와 눈 마주치자
나의 손에서 망치와 정이 힘없이 떨어진다,
그건 바로 내 얼굴인 것을.

나를 스스로 깨울 수 있는 말씀은 무엇인가.

침묵으로만 답하는 신의 말씀에
아직껏 귀 기울이고 서 있는
어둡고 긴 버림받은 날들,
나는 아직도 많이 외로워야 한다.

세 살이

하늘이 노랗다

고빗길에
이삿짐
손수레

밀어도
짐의 무게로
새끼들 매달리듯

허리 펴지 못하고
힘줄 돋은
아버지.

짐승

내내
칼바람만 몰아쳤다.

몇십 년 만에 처음이라는
대한 추위
인종의 겨울사였다.

입을 열면 서걱이며
모래가 씹히었다.

그 길에
검은 핏방울 자국은
말없음표.

창살 역설

창살을 달며
방에 갇히는
나다.

빗장을 걸면
문밖에서 잠기고,

옷을 입으면
수의가 되고,

돌아서며
무고죄를 시인하는
나다.

도둑이다.

방을 나서며
출옥한다.

감우리 마을의 종

수령 오백 년이 넘는 감우리 느티나무 우듬지엔 6 · 25 때 인민군 총탄에 깨진 쇠종이 아직도 걸려 있다. 낙엽이 다 진 늦가을날 처음 쇠종을 보았을 때 바람결에 머언 따발총 소리가 들려왔다. 오랜 세월 녹슬고 삭았지만 쇠종의 깨진 틈으로는 원혼의 눈이 독기를 새파랗게 내뿜고 있었다.

실어증

　며칠씩 아무에게도 말 한마디 않고 지내는 날이 많아졌어요 거울에 비친 눈 속으로 나의 내부를 들여다보았어요 텅비어 있었어요 쉴새없이 떨어져 내려도 쌓이지 않아요 부러진 말, 껍질뿐인 말, 꿈이 없는 말, 오 말이 있음으로써 받아야 했던 거짓, 편견, 위선…… 자기기만…… 나는 완전하게 말을 잊고자 했어요 난 말을 잊었어요 그런 어느 밤이었어요 깊고 두터운 어둠의 지층 속에서 금빛 개똥벌레들이 솟아나와 모음을 토하기 시작했어요…… 아 아! 앜!

안경

마이너스 시력 나의 눈에 그 여자 얼굴은 고무 지우개로 하얗게 지운 백지다 스무 살 그림 솜씨로 내가 다시 그려 넣은 그 여자 얼굴, 입술 속에 몰래 그려 넣은 꾀꼬리는 날아갔나 투덜거리는 나에게 안경점 나이 많은 주인은 당신은 너무 젊어 안경을 써야 한다고 타이르듯 말했다.

전혀 낯선 여자가 낯설게 웃고 있었다.

실종

봄 오는 들판에서도
나는 아직
숨어 있고 싶다.

그리움
그 먼 끝에 가 닿기까지는
아직은 땅속으로만 잦아드는 물줄기이고 싶다.

삶이 방황과 좌절로 끝난다 해도
아, 나는 눈멀어
땅속으로만 흘러간다.

끝내 나 세상에서
실종되어도 좋으리.

어느 먼 훗날
그런 날이 있기나 할 것인가
평생 헤매 찾은 땅에서

참 오래 참았던 눈물 쏟을 그날.

그날이 되면
가슴 넉넉한 호수가 되리.
참 그리웠던
해와 별 모두 담으리.

억새 숲 호수

하늘이 무너지는 슬픔도
안으로만 삼킨 채
끝내 침묵하는 일상.

혼자이기 오랜 굳은 습성은
어떤 타협도 거부하고
깊어만 지는 내심.

그러기에 억새 숲 하늘 높이
결별의 손 흔들며
매양 다져보는 본연의 자세.

스스로도 모난 돌 같다 싶은 마음에
때때로 감당할 수 없는
그리움 밀물져 오면
밤새 피울음 울던 날
그 얼마이던가.

죽기 전까지는 이루어야 할
소원 하나 있기에
오늘도 하늘 향한
간절한 기도.

숱한 치욕도 죽음의 유혹도
뿌리쳐온 곤고한 생애가
결코 헛된 것이 아니라면
어느 날쯤 나의 새는
억새 숲 호수로 날아오게 될까.

감염

이젠 아무에게도 병세를 밝히지 않는

그녀 병문안 다녀온

입동날부터

감기인 듯 나는 몸 전체로 발열했네.

약국 길 가다가

문득 목에 걸리는 것을 뱉으면

정육점 붉은 등 빛이

방울방울 침에 섞여 보였네.

"나 객혈했어요."

그녀가 울면서

발길 끊고 만 지도

벌써 몇 해가 지났다는 그 병원 길목

다실 가고파에서

감기약으로는 떨어지지 않는 기침 콜록이면서

몇 날이고 기다려

그녀와 동행했네.

중증.

그녀를 진단하자

창백해지더니 갑자기

일시적 전신마비에 호흡 곤란과 악성 빈혈

증세를 보인 나에게

의사가 권해 찍은 X레이 사진

웬일인지 그 전문의사도

나의 병명을 알아낼 수 없었네.

별

    가만도드리는소리있어창을여니눈감작할사이에달아나있
듯하늘멀리별이있더라손짓하거나소리쳐불러도내려오지않
아생각생각끝에창을열어두었다내가잠이곤하면그때야방안
으로별이내려올까

무심천의 시학

맹문재

1.

전병호 시인의 시세계에서 '무심천'은 작품의 토대이자 궁극적으로 지향하는 이상향이다. 시인의 정체성을 확립하고 사회적 존재로서 추구하는 삶의 가치를 실현하는 장소인 것이다. 그리하여 무심천은 "청원군 낭성면 추정리와 가덕면 한계리, 내암리 일대에서 물줄기가 시작되어 남서쪽으로 흐르다가 가덕면 서부에서 북서쪽으로 방향을 바꾸어 청주 시가지 중심부를 지나 청원군 강서면과 북일면의 경계를 이루면서 까치내에서 금강의 지류인 미호천과 합류하"[1]는 하천이라는 영역을 넘어 시인의 근거지가 된다.

시인이 무심천에 동화하는 것은 실존의식으로 볼 수 있다. 자

---

1 국립청주박물관 편, 『무심천 사람들』, 통천문화사, 2006, 10쪽.

신이 태어나고 자란 고향에서 바람직한 삶의 가치를 인식하고 추구하는 것이다. 따라서 적극적이고 능동적인 세계 인식에 의해 무심천은 단순한 공간(space)에서 친밀한 장소(place)로 전환된다. "공간은 장소보다 추상적이다. 무차별적인 공간에서 출발하여 우리가 공간을 더 잘 알게 되고 공간에 가치를 부여하게 됨에 따라 공간은 장소가" 되는 것이다.

그리하여 시인의 무심천은 충북 음성군 금왕읍, 충북 영동군 황간면 노근리, 경기도 안성시 서운면 청룡리, 충북 음성군 대소면 태생리, 충북 음성군 음성읍 감우리 등으로 확대된다. 강원도 설악산의 대청봉이며 철원의 도피안사, 독도, 전남 장흥의 회령포, 제주도 애월, 경기도 파주시 적성면 적암리 등으로도 확대된다. 개인적인 차원을 넘어 사회적이고 역사적인 장소가 되는 것이다.

> 무심천 둑길 멀리
> 내 슬픈 젊은 날의 뒷모습이 보인다
> 바지 주머니에 두 손 찔러 넣은 채
> 둑길을 따라 흘러가는 냇물은
> 정말 바다에 가 닿을 수 있을까
> 떠나가 길을 잃을 때마다
> 다시 돌아와 걸어보는 무심천 둑길
> 오늘에야 비로소 나는 본다
> 지친 내가 돌아와
> 남모르게 눈물 떨구고 간 자리마다
> 풀꽃 한무더기씩 피어나고

그 풀꽃 사이로
멈춘 듯 흘러가는 무심천
마침내 제 스스로 깊어지면서
꽃물 곱게 드는 것을
하늘과 맞닿은 하류쯤
강을 만나 바다로 흐르는 것일까
갈대 흐드러진 모래톱 위로
날개 흰 새 몇 마리 날아오른다

—「무심천」 전문

위의 작품의 화자는 "무심천 둑길 멀리" 걸어가는 자신의 "슬픈 젊은 날의 뒷모습"을 바라보다가 "바지 주머니에 두 손 찔러 넣은 채/둑길을 따라 흘러가는 냇물"이 본인과 닮았음을 발견한다. 그리하여 "정말 바다에 가 닿을 수 있을까" 하고 자문한다. 더 넓은 세상으로 나아가고자 했으나 그 뜻을 이룰 수 없었음을 고백하는 것이다. 화자가 이루고자 한 꿈은 사회적인 존재로서 얻으려고 한 것들로 볼 수 있지만, 객지에 동화하려는 것으로도 볼 수 있다. 자신이 살아가는 터전에 뿌리 내리려고 했던 것이다. 그렇지만 "떠나가 길을 잃을 때"가 많았다는 토로에서 볼 수 있듯이 그것이 결코 쉽지 않았다. 그리하여 "다시 돌아와 걸어보는 무심천 둑길/오늘에야 비로소 나는 본다"라고 노래한다. "지친 내가 돌아와/남모르게 눈물 떨구고 간 자리마다/풀꽃 한 무더기씩 피어나"는 세상을 발견한 것이다.

이와 같이 "무심천"은 지치고 힘든 화자를 어머니의 품처럼 받아들인다. 그리하여 화자는 새로운 희망이 피어나는 기운을 느낀다. 그렇지만 "무심천"은 어떤 내색도 하지 않고 무심하게 흐른다. 삶의 역정을 품고 그저 "멈춘 듯 흘러"갈 뿐이다. "제 스스로 깊어지면서/꽃물 곱게" 들이면서 "강을 만나 바다로 흐르"고 있는 것이다. 이처럼 "무심천"은 화자와 고향 사람들에게 삶의 구심점 역할을 하고 있다. 전체 길이 34.5킬로미터나 되고 유역 면적이 청주시 전체 면적의 절반에 이르기 때문에 삶의 터전을 형성하는 것이다. "선사시대부터 청주 사람은 무심천 물을 마시고 무심천 물로 농사를 지으며 삶을 영위하였다. (중략) 무심천은 예나 지금이나 무심한 듯 변함없이 흐르며 청주의 젖줄 역할을 하고 앞으로도 그럴 것이다."[2] 화자는 그 "무심천"을 따라가며 자신의 가족이며 이웃이며 역사며 운명을 품는 것이다.

2.

내가 너만 할 때는 쌀 두 말 지고도 거뜬히 넘었단다.
쌀 한 말 등짐에도 숨이 차 주저앉은 고갯마루에서
안쓰러운 눈빛으로 나를 보며 들려주시던 말씀
아버지도 조용히 숨을 몰아쉬고 계셨다.
장리쌀 얻어오는 할아버지 고향 낭성면 무성리를 바라보며
진한 시장기를 바람에 실려보냈다.

오늘 내 어린것을 데리고 상봉고개에 올랐다.

---

2   박상일, 「무심천 남석교와 청주읍성」, 위의 책, 220~221쪽.

나 어릴 때는 쌀 한 말 지고도 거뜬히 넘었단다.
숨을 몰아쉬는 어린것의 손을 놓으면서
처음으로 강한 아버지가 되어 들려준 말
아들은 알게 될까
내가 애써 가르쳐주려는 배고픔의 의미를.

고갯마루 바위에 앉아 잠시 쉬고 있을 때
굴참나무 가지 아래 고갯길로
그 옛날 아버지가 산을 지고 올라오는 것이 보였다.
아버지의 뒤를 따라 내가 올라오고
내 뒤를 따라 내 어린것이
숨을 몰아쉬며 산을 지고 오르는 것이 보였다.
바람이 쉴새없이 불어와 이마의 땀을 씻어주고 있다.

—「상봉고개에서」 전문

작품의 화자가 삶의 터전으로 노래하는 무심천은 "할아버지
고향 낭성면 무성리"에 있는 "상봉고개"로 확대된다. 그 고개에
서 "내가 너만 할 때는 쌀 두 말 지고도 거뜬히 넘었단다"라고 하
시는 "아버지"의 말씀을 듣는다. 그런데 당신의 반밖에 안 되는
"쌀 한 말 등짐에도 숨이 차 주저앉은" 아들에게 힘을 내라고 하
시는 "아버지도 조용히 숨을 몰아쉬고 계"신다. 당신이라고 힘
들지 않을 수 없기에 정신력으로 감당해내는 것이다. 그리하여
화자는 "장리쌀 얻어오는 할아버지 고향 낭성면 무성리를 바라
보며/진한 시장기를 바람에 실려보"낸다. "아버지"의 사랑을 가
슴에 품고 자신의 슬픔이며 안타까움이며 가난을 날려보내는
것이다.

화자는 "아버지"를 대신해 "오늘 내 어린것을 데리고 상봉고개"에 오른다. "나 어릴 때는 쌀 한 말 지고도 거뜬히 넘었단다"라는 말을 "그 옛날 아버지"처럼 자식에게 전한다. "숨을 몰아쉬는 어린것의 손을 놓으면서/처음으로 강한 아버지가 되어 들려"주는 것이다. 그렇지만 "아들은 알게 될까/내가 애써 가르쳐주려는 배고픔의 의미를"이라고 토로하듯이 화자는 자신의 말의 효과를 기대하지 않는다. 그만큼 살아가는 환경이 크게 변했음을 인정하는 것이다. 국가가 경제적으로 발전하면서 개개인의 삶은 풍요로워졌고, 노동시장이 1차 산업에서 3차 산업으로 바뀌면서 사회의 문화며 정신 가치가 크게 바뀐 것이다.

그렇지만 화자는 가난했던 자신의 시간은 잊을 수 없고 잊어서도 안 된다고 생각한다. "배고픔"이 자신의 정체성을 형성하는 근간인 것은 물론 앞으로의 삶에서 나침반이 된다고 여기는 것이다. 그리하여 "고갯마루 바위에 앉아 잠시 쉬고 있을 때/굴참나무 가지 아래 고갯길로/그 옛날 아버지가 산을 지고 올라오는 것"을 바라본다. "아버지의 뒤를 따라 내가 올라오고/내 뒤를 따라 내 어린것이/숨을 몰아쉬며 산을 지고 오르는 것"도 바라본다. 결국 무심천에서 온몸으로 살아온 "아버지"의 삶과 함께 하려는 것이다.

1
막냇동생마저 입대하자 텅 비어 더 큰 집에 홀로 남은 어머니는 바닷가 고향 마을로 돌아가고 싶다고 입버릇처럼 말씀하셨다 일 년이면 한두 번 명절 때라도 온 가족이 한 자리에 모여야 한다고 말씀하시던 어머니, 누구든지 하나는 집을 지켜야 한다고 말씀하시던 어머니는 끝내 무슨 생각 하셨을까 둘째는 수도원으로 간 뒤 소식 끊기고 나도 직장 때문에 객지로만 떠돈 지 어언 십여 년 문득 못 견디게 그리워져 달려가도 낯익은 얼굴 하나 만날 수 없는 고향에는 낯선 사람들이 몰려와서 길을 내고 새 집을 짓고 살고 있다.

2

교회 옆에 조그만 방 하나 얻어 당신보다 더 불행한 사람 위해 여생을 바치겠다는 어머니는 지금 어머니의 고향에 계시지만 아침저녁으로 온 가족이 밥상에 둘러앉아 허허하하 호호 김이 모락모락 피어오르는 행복을 은수저로 한 숟가락씩 떠 넣고 떠 넣어주던 우리의 고향은 그 어디에도 남아 있지 않았다 휴가를 나와도 머물 곳이 없어 어머니께 달려갔다가 다시 나에게 달려온 막내의 기진한 잠 속에도 우리의 고향은 남아 있지 않았다.

— 「민들레 씨」 전문

위의 작품의 화자에게 "고향"은 존재하지만 낯설기만 하다. "어머니"가 "고향"을 지키고 있지만 가족이 해체된 상황이어서 온기를 느끼지 못하는 것이다. "막냇동생마저 입대하자 텅 비어 더 큰 집에 홀로 남은 어머니는 바닷가 고향 마을로 돌아가고 싶다고 입버릇처럼 말씀하"셨다. 또한 "일 년이면 한두 번 명절 때라도 온 가족이 한자리에 모여야 한다고", "누구든지 하나는 집을 지켜야 한다고 말씀하"셨다. 그만큼 "어머니"는 남편이 세상을 뜨고 자식들이 곁을 떠난 집에서 사는 것을 외로워했다.

"어머니는 끝내 무슨 생각하셨"는지 이사를 했다. "교회 옆에 조그만 방 하나 얻어 당신보다 더 불행한 사람 위해 여생을 바치겠다"고 삶의 터전을 옮긴 것이다. 다른 사람을 도와주려는 선한 마음이 있었기 때문이지만, 식구들이 없는 집에서 살아가기가 힘들었기 때문이기도 하다.

"어머니는 지금 어머니의 고향에 계시지만 아침저녁으로 온 가족이 밥상에 둘러앉아 허허하하호호 김이 모락모락 피어오르는 행복을 은수저로 한 숟가락씩 떠 넣고 떠 넣어주던" "고향은 그 어디에도 남아 있지 않"다. "둘째는 수도원으로 간 뒤 소식 끊기고 나도 직장 때문에 객지로만 떠돈 지 어언 십여 년 문득 못 견디게 그리워져 달려가도 낯익은 얼굴 하나 만날 수 없"다. "휴가를 나와도 머물 곳이 없어 어머니께 달려갔다가 다시 나에게 달려온 막내의 기진한 잠 속에도" "고향은 남아 있지 않"은 것이다.

이 비 그치면 봄이 성큼 다가오겠지만
차마 나는 그 말을 하지 못한다.

이층 창문에서 내려다보는 나무들은
차가운 비에도
연둣빛 잎을 꺼내고 있지만
나는 애써 외면해야 한다.
지난주보다 더 짙어진 네 눈가의 그림자.

어쩌면 네가 가고 난 뒤

나 혼자 맞게 될지도 모를 봄이
서럽게 피어나려고 한다.

너에게 어떤 말을 해야 할지
어떻게 작별 인사를 해야 할지
나는 아무 말도 하지 못하고
창밖에 내리는 봄비만 바라본다.

차라리 이 순간이 꿈이었으면!

—「생동 요양원에서」 전문

위의 작품의 화자는 충청북도 음성군에 소재하는 "생동 요양
원"에서 지내는 지인을 찾아가 "이 비 그치면 봄이 성큼 다가오
겠지만/차마 나는 그 말을 하지 못한다"고 토로한다. "지난주보
다 더 짙어진 네 눈가의 그림자"를 바라보면서 "이층 창문에서
내려다보는 나무들은/차가운 비에도/연둣빛 잎을 꺼내고 있지
만" "애써 외면"하는 것이다. 그리하여 화자는 "너에게 어떤 말
을 해야 할지/어떻게 작별 인사를 해야 할지/나는 아무 말도 하
지 못하고/창밖에 내리는 봄비만 바라본다". "차라리 이 순간이
꿈이었으면!" 하고 희망한다.

위의 작품에서 "너"가 누구인지는 구체적으로 알 수 없지만
가족이거나 친척이거나 친구 등 화자와 가까운 인연의 대상인
것은 확실하다. 객지에서 일시적으로 만나거나 이해관계로 만
난 것이 아니라 오랫동안 함께해온 지인인 것이다. 따라서 "어
쩌면 네가 가고 난 뒤/나 혼자 맞게 될지도 모를 봄이/서럽게 피

어나려고 한다"는 화자의 슬픔은 깊기만 하다.

3.

잊지 말아라

쌍굴다리
콘크리트 벽에 파인
총알 자국을

흰 페인트로 그린 동그라미가
저녁 어스름 속에서
이를 앙 물고 빛난다

죄 없이 쓰러진
아버지 어머니 할아버지…… 비명
잊지 말아라
세월이 제아무리 흐른다 해도

쌍굴다리 하늘에
그 누구도 지우지 못하게 흰 동그라미를
그리다가

하느님도

눈물 닦는다

핼쑥한 초승달

　　　　　　　　　　—「노근리의 달」 전문

위의 작품의 화자는 "노근리" 사건을 "잊지 말아라"라고 다짐
하고 있다. 그리하여 "쌍굴다리/콘크리트 벽에 파인/총알 자국"
에 다가가 그날의 참사를 떠올린다. 또한 "죄 없이 쓰러진/아버
지 어머니 할아버지…… 비명"을 회피하지 않고 듣는다. "세월
이 제아무리 흐른다 해도" 비극적인 역사를 망각할 수 없다는
것이다.

노근리 양민 학살 사건은 한국전쟁 동안 일어났다. 1950년 7
월 23일 미군이 영동읍 주곡리 마을로 들어와 주민들에게 피난
하라고 소개령을 내렸다. 대전이 북한군에 의해 함락되어 영동
읍 부근에서 미군과의 전투가 임박한 때였다. 주곡리와 임계리
주민들은 7월 26일 충청북도 영동군 황간면 노근리까지 미군에
의해 강제로 인솔되어 갔다. 그곳에서 미군은 소지품 검사를 한
뒤 피난민들을 경부선 철로 위에 올려놓고 전투기로 폭탄을 투
하하고 사격을 가했다. 뿐만 아니라 살기 위해 도망치는 양민들
을 쌍굴다리 안에 몰아넣고 7월 29일까지 총을 난사했다. 살해
된 피난민은 300~400명 정도로 추정되는데, 그중의 83%가 부
녀자와 노약자였다. 미군은 교전하지 않는 상황에서 민간인의

생명과 인권을 유린한 것이다. 생존자의 증언, 참전 미군의 증언, 국내외 학자들의 연구 결과 등으로 볼 때 노근리 사건은 미국 상부의 지시에 따라 발생한 것으로 국제법을 명백히 위반한 학살로 규정할 수 있다.[3]

미국은 노근리 민간인 학살에 대한 국제법적인 책임을 져야하며, 학살에 참여한 미군 역시 전쟁 범죄의 책임을 면할 수 없다. 따라서 노근리 사건을 해결하기 위해서는 역사적 사료를 더욱 발굴하는 것은 물론 미국 측 관련 생존자들을 찾아내어 사건의 실체를 보다 확실하게 규명해야 한다. 아울러 미국의 국가책임 인정과 그 해제 방법을 국제법적인 차원에서 논의해야 한다.[4] 이와 같은 차원에서 "쌍굴다리 하늘에/그 누구도 지우지 못하게 흰 동그라미를/그리다가/하느님도/눈물 닦는다"라는 화자의 눈물은 의미가 크다. 노근리 사건을 비롯해 한국전쟁으로 인한 민간인 학살의 부당함을 환기시키면서 해결의 필요성을 제시하는 것이다.

수령 오백 년이 넘는 감우리 느티나무 우듬지엔 6·25 때
인민군 총탄에 깨진 쇠종이 아직도 걸려 있다. 낙엽이 다 진
늦가을날 처음 쇠종을 보았을 때 바람결에 머언 따발총 소

---

3 노근리에서 매향리까지 발간위원회, 『노근리에서 매향리까지- 주한미군 문제해결 운동사』, 깊은 자유, 2001, 26~83쪽.

4 이재곤 외, 「전시 민간인 보호를 위한 국제법적 규칙- 한국전쟁 시 소위 "충북 영동군 황간면 노근리 민간인 살상사건"과 관련하여」, 『법학연구』 제10권 제1호, 충남대학교 법학연구소, 1999, 136쪽.

리가 들려왔다. 오랜 세월 녹슬고 삭았지만 쇠종의 깨진 틈
으로는 원혼의 눈이 독기를 새파랗게 내뿜고 있었다.

              —「감우리 마을의 종」 전문

위의 작품의 화자는 "수령 오백 년이 넘는 감우리 느티나무
우듬지엔 6·25 때 인민군 총탄에 깨진 쇠종이 아직도 걸려 있"
는 것을 바라보면서 "머언 따발총 소리가 들려"오는 것을 듣는
다. "오랜 세월 녹슬고 삭았지만 쇠종의 깨진 틈으로는 원혼의
눈이 독기를 새파랗게 내뿜고 있"는 것도 바라본다. 노근리 양
민 학살 사건과 마찬가지로 "감우리 마을"의 상흔을 잊지 않으
려는 것이다.

"감우리"는 충청북도 음성군 음성읍에 있는 마을인데, 대한민
국 전체가 그러했듯이 한국전쟁으로 인해 큰 피해를 입었다. 전
쟁이 발발하자 군경은 보도연맹원들이 북한군을 도와 정부를
공격할 수 있다는 명분으로 최소 5,000명 이상 처형했다. 또한
군경은 청주형무소에 수감되어 있던 800여 명의 정치범을 처형
했다. 법치주의 국가에서는 용인될 수 없는 인권 유린의 범죄를
저지른 것이다. 그뿐만 아니라 미군은 부역 혐의자를 비롯한 일
반 민간인들을 아무런 재판 절차나 심문 없이 처형했다. 북한군
과 좌익에 의한 민간인들 처형도 이루어졌다. "감우리"를 비롯
해 청원군 오창면, 청원군 남일면 고은리 분터골, 화당리 화당
다리, 남성면 도장골, 가덕면 피반령, 영동군 매곡면과 추풍령
면, 영동군 노근리, 양강면 지촌리와 구강리, 옥천군 청산면 인

정리, 단양군 단양읍 노동리와 마조리, 영춘면 상2리 곡계굴, 청원군 부용면, 청주 동공원과 무심천 서문다리, 청주형무소 등에서 민간인 학살이 자행된 것이다.[5]

그런데 지금까지 노근리 사건 유족들의 피해 배상 청원 운동만 있을 뿐 다른 사건들은 함몰되어 있다. 따라서 한국전쟁 이후 이념 대립이나 감정 대립이 심해 연대가 쉽지 않겠지만 역사의식을 가지고 피해 사실의 규명에 나서야 한다. 이와 같은 차원에서 화자가 "감우리"를 찾아간 것은 주목된다. 자신의 고향을 역사적인 장소로, 즉 장소의 혼(genius loci)으로 살려낸 것이다. "창조적인 참여는 항상 새로운 역사적인 상황들 아래에서 근원적인 의미들을 구체화하는 것"[6]인데, 화자는 고향의 정체성을 단순히 복사하지 않고 새로운 역사의식으로 회복한 것이다.

4.

1
다가서면 산은 물러앉으며
숨겼던 길을 내준다

---

5 충북민주화운동사편찬위원회 편, 『충북민주화운동사』, 선인, 2011, 27~38
쪽.

6 크리스티안 노베르그 슐츠, 『장소의 혼』, 민경호 외 역, 태림문화사, 2001,
211~214쪽.

십일월의 마지막 날

버스에 몸을 싣고 흔들리면서
삶은 갈수록 막막했다
보다 나은 생활을 위해 길 떠난 나는
왜 지금 금왕을 가고 있는가
쓰러지면 스스로 일으켜 세우던 말
"내일은 행복할 거야"
이젠 믿을 수 없고
실의에 차 찾아가는 폐광 마을
길은 몹시 흔들렸다.

2
일확천금을 꿈꾸며
구름 끓듯 모여든 사내들
삼삼오오 산야를 헤매다가 끝내는
마지막으로 혼자 찾아드는 폐광 막장
거듭 내려찍는 곡괭이 날 끝으로 단단한
절망만 확인할 뿐이어도
사내들은 떠나지 못한다
떠나간 사내에게도
꿈은 언제까지나 꿈으로 남아서
불면의 밤마다 손짓하고 있다.

3
금왕이여 빛나라
십일월의 마지막 날 다 저녁
실의에 차 찾아가는 사내의 꿈은

폐광인가 휴광인가
다시 한 번 막장의 두터운 절망을 깨어내면
한 맥을 찾을 수 있는가
찾을 수 있다면
더 큰 맥을 좇아 다시 막장을 열다가
결국은 빈손 되어 돌아서는
금왕이여 금왕이여
애시당초 행복이란 안일의 다른 이름이었다
갈수록 삶은 회한만 깊어져서
옛 생활이 차라리 안빈했노라고 돌이키고 싶어 할 때에야
비수로도 끊지 못했던 욕망에서
스스로 풀려날 것인가
금왕이여 금왕이여
버려도 버려지지 않는 사내의 꿈
저 거친 산야에 또다시 홀로 서게 하는가.
— 「금왕(金旺)을 찾아가며」 전문

"일확천금을 꿈꾸며/구름 끓듯 모여든 사내들/삼삼오오 산야를 헤매다가 끝내는/마지막으로 혼자 찾아드는 폐광 막장"의 모습은 쓸쓸하고도 슬프다. 그렇게 모여든 사람들은 "거듭 내려찍는 곡괭이 날 끝으로 단단한/절망만 확인할 뿐이어도" "떠나지 못"한다. "떠나간 사내에게도/꿈은 언제까지나 꿈으로 남아서/불면의 밤마다 손짓하고 있"을 만큼 충청북도 음성군 "금왕"읍은 힘이 세다.

한때는 용계리에 있는 무극광산에서 금 채굴이 성행했으나 현재는 중단되어 지역 경제가 타격을 받고 있는데도 불구하고

작품의 화자 역시 "십일월의 마지막 날" "폐광 마을"인 "금왕"을 찾아가고 있다. "보다 나은 생활을 위해 길 떠난 나는/왜 지금 금왕을 가고 있는가"라고 자조하며 간다. "쓰러지면 스스로 일으켜 세우던 말/"내일은 행복할 거야"/이젠 믿을 수 없"을 만큼 "실의에 차" 있다. 따라서 "길은 몹시 흔들"릴 수밖에 없는데, "산은 물러앉으며/숨겼던 길을 내준다".

그리하여 화자는 "금왕이여 빛나라"라고 기원한다. 비록 "십일월의 마지막 날 다 저녁/실의에 차 찾아가는 사내의 꿈"이 "폐광인가 휴광인가"라고 절망하고 있지만 희망을 가져보는 것이다. "다시 한 번 막장의 두터운 절망을 깨어내면/한 맥을 찾을 수 있는가"라고 의심하고 있지만 기대해보는 것이다. "찾을 수 있다면/더 큰 맥을 쫓아 다시 막장을 열다가/결국은 빈손 되어 돌아서"겠고, "애시당초 행복이란 안일의 다른 이름이었다"고 말하면서도, "비수로도 끊지 못했던 욕망에서/스스로 풀려"나지 못하는 것이다.

"버려도 버려지지 않는 사내의 꿈/저 거친 산야에 또다시 홀로 서"는 화자의 귀향은 더 이상 물러설 수 없기에 이루어졌다. "갈수록 삶은 회한만 깊어"지기에 배수진을 친 것이다. 따라서 "금왕"은 절박한 삶의 조건에 놓인 화자에게 마지막 출구이다. 더 이상 선택의 여지가 없는 새로운 출발지인 것이다.

동으로 흘러내리면 낙강
서로 흘러내리면 금강

한날한시에 이곳에 왔다가
등 돌리고
세상에서 가장 먼 거리로 헤어져 떠나간다.

어느 날 어느 곳에서 우리 만날까.
만나고 헤어짐의 의미를
이곳에 와서 다시 깨달으니
개울은 쉬임 없이 흘러내리고
눈물은 기어이 강을 만드는 것을.
미움도 그리움도 산이 되어 쌓여오면
바다에서 다시 만나리.
그때 그리움만 가지고 하늘에 올라
구름 속에 머물다가
이른 어느 봄날
우리 어떤 몸짓으로 내려올까.

—「빗방울의 노래」전문

"동으로 흘러내리면 낙강/서로 흘러내리면 금강/한날한시에
이곳에 왔다가/등 돌리고/세상에서 가장 먼 거리로 헤어져 떠
나"가는 것이 "빗방울"의 운명이다. "빗방울"이 내리는 장소는
작품 화자의 생애와 관련이 깊은 곳으로, 즉 무심천을 중심으로
한 고향이다.

화자의 분신인 "빗방울"은 "어느 날 어느 곳에서 우리 만날까"
하고 미래의 운명을 묻는다. 불안해하거나 부정하지 않고 그날
을 기대하는 것이다. 그 이유는 "만나고 헤어짐의 의미를/이곳
에 와서 다시 깨달"았기 때문이다. 그리하여 "개울은 쉬임 없이

흘러내리고/눈물은 기어이 강을 만드는 것을" 발견하고, "미움도 그리움도 산이 되어 쌓여오면/바다에서 다시 만'날 것을 믿는다.

화자의 이와 같은 태도는 그동안 무장소(placeless)에서 주체성을 상실하고 소외당해온 자신을 추스르는 것이다. 치열한 경쟁이 요구되는 자본주의 체제에서 먹잇감을 차지하기 위해 전쟁을 벌이느라 뿌리가 잘리고 그림자의 신세로 추락한 자신을 회복하는 것이다. 자본주의 체제는 인간의 탐욕을 이용한 이익을 추구하기 때문에 구성원들은 이기적인 존재가 될 수밖에 없다. 따라서 화자는 무심천에서 그 근본적인 성찰과 극복 방안을 모색하고 있다.

화자에게 무심천은 가난과 슬픔과 외로움과 역사의 상흔이 밴 장소이다. 그렇지만 화자는 그곳을 부정하거나 회피하지 않고 자기 존재와 세계 인식의 토대로 삼는다. 장소애와 장소혼을 부여해 고통과 절망과 아픔을 그리움과 기다림과 애정으로 껴안는 것이다. 그리하여 화자는 무심천에서 원초적인 충만감과 안전지대로 삼을 수 있는 주체성을 획득한다. 이원화된 세계에 기울었던 질서를 회복하고 연대의 가치를 자각하며 역사적 존재로 나아가는 것이다. 그러므로 "배꽃이 피었다가 지는/그 시간의 한 점"(「배꽃 마을」)이 되고자 하는 화자의 이상향은 성숙하면서도 숭고하다.

孟文在 | 문학평론가 · 안양대 교수

푸른사상 시선은 앞으로도 계속 발간됩니다.